GRANDE
MATA-CRÂNIO

ELLEN

TEO

PHILIP OSBOURNE

DIÁRIO DE UM NERD SUPERNERD

A história de um menino muito especial que acredita (demais!) em fantasia

Eu sou Phil, o nerd, o rato de biblioteca, o geek, o matemático compulsivo. Se você é como eu, e as pessoas às vezes riem da sua cara, não ligue. Afinal, sabe quem escreveu os livros mais vendidos de todos os tempos? Os nerds. Sabe quem dirigiu os filmes campeões de bilheteria em Hollywood? Os nerds. Sabe quem inventou a tecnologia mais avançada, que só pode ser entendida por seus próprios criadores? Os nerds. Então, levante a cabeça e sorria para o mundo. Assim como eu, tenha orgulho de ser nerd. Para os meus amigos, eu sou Phil, o Nerd... e tenho muito orgulho disso!

Ciranda Cultural

DADOS INTERNACIONAIS DE CATALOGAÇÃO
NA PUBLICAÇÃO (CIP) DE ACORDO COM ISBD

O81d

Osbourne, Philip
Diário de um nerd: livro 3 – Supernerd / Philip Osbourne;
traduzido por Fabio Teixeira; ilustrado por Roberta Procacci. –
Barueri [SP]: Ciranda Cultural, 2018.
160 p.: il. – (Diário de um nerd; v. 3)

ISBN 978-85-380-8758-8

1. Literatura infantojuvenil. 2. Ficção. I. Teixeira, Fabio.
II. Procacci, Roberta. III. Título.

2018-763
CDD: 028.5
CDU: 82-93

Elaborado por Odilio Hilario Moreira Junior - CRB-8/9949

*Para os meus dois filhos.
Sem eles, minha fantasia seria
um lugar menos bonito.*

Philip Osbourne

© 2017 Almond Entertainment
Texto: Philip Osbourne
Ilustrações: Roberta Procacci
Publicado em acordo com Plume Studio

© 2018 desta edição:
Ciranda Cultural Editora e Distribuidora Ltda.
Tradução: Fabio Teixeira
Preparação: Carla Bitelli
Revisão: equipe Ciranda Cultural
Ilustração das guardas: Anna Chernova/Shutterstock.com

1ª Edição
www.cirandacultural.com.br
Todos os direitos reservados. Nenhuma parte desta publicação pode ser reproduzida, arquivada em sistema de busca ou transmitida por qualquer meio, seja ele eletrônico, fotocópia, gravação ou outros, sem prévia autorização do detentor dos direitos, e não pode circular encadernada ou encapada de maneira distinta daquela em que foi publicada, ou sem que as mesmas condições sejam impostas aos compradores subsequentes.

PREFÁCIO

ANTES DE QUALQUER COISA, se você está com este livro em mãos, pronto para embarcar na terceira aventura de **Phil, o nerd** (ops, agora é **Supernerd!**), não deve ser difícil dizer o que é necessário para ser um super-herói, certo?

Um **SUPER-HERÓI** precisa de superpoderes? **CLARO!** De uma roupa bacana? **COM CERTEZA!** Talvez de uma frase cheia de estilo? Seria bem-vinda! Um veículo incrível? Seria demais!

Todo nerd já pensou em voar como o **SUPERMAN**, ou em se balançar em meios aos prédios de uma cidade como o **HOMEM-ARANHA**, em ser tão rápido quanto o **FLASH** e, com certeza, não reclamaria de poder mover as coisas com a mente como a **JEAN GREY!**

Mas, se alguém tivesse tudo isso e não tivesse coragem, nem vontade de lutar pelo bem, não seria um **SUPER-HERÓI**. E, nesses dois quesitos, **Phil, o Supernerd**, ganharia até uma vaga na equipe dos **VINGADORES** com facilidade!

Nesta aventura, **Phil** conta com os conselhos de **DARTH VADER** para se reerguer após uma derrota arrasadora e, em seguida, partir rumo a uma missão perigosa (ou melhor, **superperigosa!**). Tudo, claro, arquitetado minuciosamente por **ELLEN DICK**, a irmã/empresária/líder da equipe The Ping Pong Theory, e ao lado dos amigos **NICHOLAS**, **GEORGE** e a **GRANDE MATA-CRÂNIO** (será que o Supernerd vencerá a "**supertimidez**" e esse namoro sairá desta vez?).

A missão envolve um lugar secreto, um vilão com motivações bem inusitadas e lutas contra guardas superfortes, com nomes malucos e equipados com **RAIOS LASER!** Para lidar com tantos inimigos, **Phil** vai contar com sua habilidade na **ESGRIMA**, com uma equipe de apoio formada por **NERDS** adolescentes – mas que, apesar disso, seria útil para qualquer personagem de filme de ação – e, é claro, com a própria **inteligência!** De um jeito divertido, **PHILIP OSBOURNE**, criador de **Phil**, **o nerd**, fala sobre o que pode transformar uma pessoa em um vilão e comemora a **SORTE** daqueles que nunca tiveram de pensar em escolher um caminho ruim, ressaltando a dedicação dos que nunca desistiram de tentar **fazer o bem**.

Então, como o próprio **SUPERMAN** já disse: "Para o alto e avante!", porque as próximas páginas esperam por você, e eu não ousaria atrasar logo você, um futuro **SUPER-HERÓI!**

Pedro Duarte
Jornalista e escritor

ANTES DE COMEÇAR... VOU APRESENTAR A MINHA FAMÍLIA

ELLEN DICK

A Ellen é a minha irmã. Tem 10 anos e já é um gênio dos negócios.

É isso mesmo: ela sonha em ter sua própria grife. Você acha normal alguém ler jornais financeiros nessa idade? Ela é de dar medo. É sério!

Ela é só uma criança, mas fala como uma economista. Planeja tudo em detalhes, ao contrário de mim.

Ela é determinada e adora ser nossa líder. É a mais nova da família, o que não a impede de tomar decisões por todos nós!

Não me pergunte como, mas ela consegue planejar os nossos dias do começo ao fim. Outra coisa, ela adora gritar: "Andem logo! Já é quase amanhã!".

MINHA MÃE

A minha mãe ficou famosa quando criou uma linha bem-sucedida de camisetas com frases irônicas e sarcásticas.

Os blogs e revistas dizem que ela é muito descolada. A página do Facebook dela alcançou 100 mil curtidas, e as frases das camisetas dela estão entre as hashtags mais tuitadas. Tem tudo sobre ela no Pinterest.

MEU PAI

Ele estava de saco cheio de trabalhar como gerente, então pediu demissão e comprou um estúdio longe da cidade, onde escreve histórias e ensaios sobre OVNIs. Só para você ter uma ideia de como meu pai é, veja esta. Um dia, a caminho da escola, ele estava estacionando o carro quando perguntei se ele acreditava mesmo em ETs. A resposta foi: "Os OVNIs são reais. A aviação, não".

TEO, nosso chihuahua

O Teo é o nosso cachorrinho. Ele adora ler tirinhas no iPad, não late e usa o WhatsApp mesmo não tendo mãos!

E OS MEUS AMIGOS: THE PING PONG THEORY

A GRANDE MATA-CRÂNIO

Ela é linda e um gênio da matemática. Consegue hipnotizar qualquer um com um simples olhar. Era minha rival, mas agora faz parte da minha equipe: The Ping Pong Theory.

NICHOLAS

É tão tímido que esconde o rosto em um saco de papel.

GEORGE

Um hacker que parece o Chewbacca.

INTRODUÇÃO
Eu sou Phil, o nerd.
Realidade ou fantasia?
POR Phil Dick OU PHIL, O NERD

Eu sou o **PHIL**, conhecido por todos como **PHIL, O NERD**. A minha imaginação é como um pássaro que quer voar alto pelo céu, onde não há paredes para colidir. Obviamente, eu sei a diferença entre fantasia e realidade.

O **Horizon Zero Dawn** é real? Não, mas o PS4 que eu uso para jogar esse **game** é **BEM REAL**.

O **DEMOLIDOR** e o **THOR** são reais? Não, mas a bengala do meu avô que mora em SAN DIEGO e o martelo que esmaga os dedos do meu pai toda vez que ele tenta bater um prego são.

E se, por apenas um momento, a REALIDADE se tornasse FANTASIA, e vice-versa?

SERÁ QUE ALGUÉM COMO ELE PERDE UM ÔNIBUS?

PHIL TEM UM TALENTO PARA... SE METER EM CONFUSÃO.

Então você estaria no mundo de **PHIL, O NERD**, onde tudo é possível porque não há barreiras. Por muito tempo, eu sonhei em ser indestrutível como o **LUKE CAGE** e ter um superpunho como o do **PUNHO DE FERRO**. Eu nunca sonhei em ter um irmão como o **LOKI**, mas já me imaginei tendo uma **BATCAVERNA** e toda a tecnologia do **TONY STARK** (Homem de Ferro). Também já reuni meus amigos e tentei combater o crime usando um traje de **SUPER-HERÓI** e inventando superpoderes (vou falar sobre isso mais adiante). Como em **Splinter Cell**, eu sonhava em dizer frases clássicas como: "O que posso fazer por vocês hoje, além de pôr um fim na **TERCEIRA GUERRA MUNDIAL?**".

A ELLEN FAZENDO COSPLAY DA ARLEQUINA

De qualquer maneira, ser um **SUPER-HERÓI**
é muito mais complicado que subir uma
escada de costas e com os olhos fechados
(não tente fazer isso, senão vão dizer que
eu sou um escritor doido que incentiva
LEITORES SUPERDOIDOS a fazer idiotices).
Se você acompanhar minha loucura, vai ver
que tudo acabou bem, mas uma coisa é certa:
o problema não é criar um traje supermaneiro;
é encontrar forças para vencer a batalha.
Você está pronto para deixar **Dragon City**
e **Clash Royale** de lado? A imaginação
precisa de você (e de mim), porque tudo se
torna realidade quando você vira as páginas
deste livro, e a sua mente, de forma mágica,
começa a voar alto como um pássaro
que não quer colidir com
nenhuma parede.

ESTE DIÁRIO MERECE
UM VILÃO MAIS CHIQUE.
PODE ME CHAMAR!

Horizon Zero Dawn

É um RPG de ação em um mundo aberto PÓS-APOCALÍPTICO. Foi criado pela Guerrilla Games e lançado pela Sony Computer Entertainment exclusivamente para Playstation 4.

Demolidor

É um personagem criado pelo escritor STAN LEE e pelo cartunista BILL EVERETT em 1964, publicado pela primeira vez nos Estados Unidos pela MARVEL COMICS. Foi apresentado na primeira edição de DEMOLIDOR (abril de 1964).

O DEMOLIDOR perdeu a visão, mas aguçou os seus outros sentidos em um nível SOBRE-HUMANO.

O portal IGN classificou o DEMOLIDOR em décimo lugar no TOP 100 dos heróis mais populares dos quadrinhos, abaixo do HULK e acima do DICK GRAYSON (que já foi Robin e agora é o Asa Noturna).

Thor

THOR ODINSON é um personagem criado por STAN LEE, LARRY LIEBER (roteirista) e JACK KIRBY (ilustrador), e publicado nos Estados Unidos pela MARVEL COMICS. Foi inspirado em um deus da mitologia nórdica chamado Thor, que era conhecido como **DEUS DO TROVÃO** ou **TROVEJADOR** (aquele que produz trovões). Filho de Odin e Gaea, é o herdeiro legítimo do trono de Asgard. Graças ao poder que recebeu por sua dupla herança e por **MJOLNIR**, seu martelo mágico, **THOR** é um dos guardiões mais poderosos e importantes dos dois mundos. Ele é um super-herói, um dos fundadores do grupo Vingadores e um dos seres mais poderosos do UNIVERSO MARVEL. Resumindo, ele não tem nada a ver comigo!

Luke Cage

LUKE CAGE, cujo nome verdadeiro é Carl Lucas, é um personagem criado por ROY THOMAS, STAN LEE, ARCHIE GOODWIN (roteirista) e GEORGE TUSKA (ilustrador), e publicado pela MARVEL COMICS. Ele foi lançado na primeira edição de **LUKE CAGE**, Hero for Hire (junho de 1972). Os esboços iniciais do personagem e seu traje foram criados por JOHN ROMITA SR. A princípio, ele não tinha um traje de **SUPER-HERÓI** de verdade.

Homem de Ferro

O **HOMEM DE FERRO**, cujo nome verdadeiro é Anthony Edward "Tony" Stark, é um personagem criado por STAN LEE, LARRY LIEBER (roteirista) e DON HECK (ilustrador), e publicado pela MARVEL COMICS. Ele apareceu pela primeira vez em TALES OF SUSPENSE, edição 39 (março de 1963), com capa de JACK KIRBY, que criou, em coautoria com HECK, a armadura do **HOMEM DE FERRO**. **TONY STARK** é um gênio bilionário, inventor, playboy, filantropo e dono das Indústrias Stark. Como prisioneiro no Vietnã, Tony Stark se feriu com a explosão de uma bomba e, em vez de construir armas de destruição em massa, como ordenado pelos seus captores, ele criou uma **SUPERARMADURA** no próprio cativeiro. Então, mais tarde, assumiu uma segunda identidade: o **HOMEM DE FERRO.**

Splinter Cell

TOM CLANCY'S SPLINTER CELL é uma série de livros de espionagem e de videogames criada pelo escritor **TOM CLANCY.** Os livros foram inspirados nos videogames, e foram escritos por outros autores sob o pseudônimo DAVID MICHAELS. A série gira em torno dos agentes da Third Echelon, divisão experimental da NSA que opera independentemente em ambientes hostis. Por isso, são exigidas desses agentes habilidades especiais, como **destreza, estratégia militar** e **know-how tático** de longo prazo. A tarefa deles é apossar-se de informações críticas e eliminar tudo o que ameaça a paz internacional, sem deixar rastro algum de sua presença. O governo dos Estados Unidos nega a existência desse "programa protótipo" caso um agente seja capturado. Isso é chamado de PROTOCOLO SEIS.

Os agentes em campo recebem suporte de pequenas células compostas de 3 a 4 dos melhores especialistas em **engenharia civil e tática, instrumentação** e **informática.** As habilidades extraordinárias dessa tropa de elite invisível são aprimoradas com armamentos, ferramentas e equipamento militar de ponta, tudo com a melhor tecnologia disponível.

A **THIRD ECHELON** seleciona militares das Forças Especiais dos Estados Unidos e treina suas capacidades mentais e físicas já elevadas no Campo de Treino da CIA, em Camp Perry, Virgínia.

Dragon City

É bem maneiro! DRAGON CITY é um jogo divertido no qual podemos escolher nosso próprio dragão, criá-lo, treiná-lo e, então, enviá-lo para lutar contra os dragões dos nossos amigos. DRAGON CITY lembra **Pokémon Black & White.**

Além de criar os dragões, temos de criar um reino com ilhas mágicas onde os nossos dragõezinhos habitarão.

Podem ser criados até 150 estilos e versões desses dragões mágicos.

Clash Royale

CLASH ROYALE é um game de estratégia em tempo real em que os jogadores colecionam e turbinam cartas, algumas das quais são baseadas nos personagens do UNIVERSO CLASH OF CLANS.

As cartas são usadas para lutar contra o rival. Durante a batalha, cada jogador deve **DESTRUIR** uma ou mais torres do adversário para ganhar a disputa.

Se nenhuma torre for derrubada ou se os jogadores destruírem o mesmo número de torres, nenhum jogador ganha o baú, troféus ou ouro. Cada carta do jogo é exclusiva, e o baralho pode ter apenas oito cartas. Podem ser criados no máximo três baralhos, mas apenas um deles pode ser usado em cada **DISPUTA**.

FIM DO MOMENTO NERD!

CAPÍTULO UM

A SUPERDERROTA

Um valentão me insulta
porque eu sou nerd.
Eu olho para ele e pergunto:
"Por quanto tempo alguém
sem cérebro pode viver?".
"Não sei", ele diz.
Então eu pergunto:
"Quantos anos você tem?".

Os super-heróis
estão entre nós

18 de outubro

Hoje fui derrotado na esgrima. Concordo que existem coisas piores na vida, como cair em um bueiro cheio de PALHAÇOS RAIVOSOS. Eu queria muito ter vencido a disputa. Como você acha que o MARCUS HOLLOWAY, o protagonista do jogo Watch Dogs 2, se sentiria se fosse expulso do DEDSEC, a famosa equipe de hackers? Mais ou menos como eu me senti quando perdi a competição de esgrima por 16 a 8. "**Eu odeio perder mais do que adoro ganhar**", como ouvi em um filme. Não sei se é verdade, mas às vezes perder é muito pior que um dia sem internet ou um monte de **valentões juntos**. Perdi na última eliminatória porque o meu adversário era mais rápido. Ele parecia o FLASH, e eu era o PINGUIM. Ele era dinâmico, eu era estático.

Ele me atingiu enquanto eu estava pensando em um episódio de THE BIG BANG THEORY. O nome do meu oponente era ERIC, e ele parecia ter superpoderes, como se tivesse saído de uma história da **MARVEL**. Eu estava esperando ele dizer:

"GRANDES PODERES PRODUZEM GRANDES NERDS!"

Minhas pernas ficaram grudadas no chão, como se alguém tivesse passado supercola em mim, e eu não conseguia mexer meus pés. Ele deve ter lançado um **SUPERATAQUE!**

A única coisa que estava rápida dentro de mim era a minha imaginação.

O Eric me atingiu, e eu pensei no que o **DEMOLIDOR** teria feito no meu lugar (é bem provável que o **DEMOLIDOR** também não teria visto os golpes da espada do Eric; e talvez ele tivesse se perguntado o que o **Capitão América** teria feito – mas pelo menos o **Capitão América** tem um escudo).

Gravidade
da Terra

Atração
gravitacional

Gravidade
do Céu

Eletricidade-Luz

Força
eletromagnética

Magnetismo

Força nuclear
fraca

PHIL...
CONTROLE-SE!

TEORIA DE TUDO

Força eletrofraca

Força nuclear forte

Teoria da grande unificação

LEVANTEM A MÃO SE TIVEREM ENTENDIDO ALGUMA COISA...

Eu não tinha conseguido me sair bem na disputa, o que talvez também se devesse à **TEORIA DAS CORDAS**. O que isso tem a ver com alguma coisa?

A minha mente tentou relacionar a **MECÂNICA QUÂNTICA** com a **RELATIVIDADE GERAL**, esperando alcançar a **TEORIA DE TUDO. O QUÊ????**

Eu também não entendo do que estou falando, mas essa **TEORIA** não saía da minha cabeça, e durante a partida de esgrima a minha mente estava tão confusa com todas essas questões que eu nem me lembrava de como executar um **ATAQUE.**

Mesmo se eu fosse um **SUPER-HERÓI**, não conseguiria me lembrar de tudo sempre! Por isso que os super-heróis geralmente precisam de um parceiro! Pense nisto: o **BATMAN**, com toda a sua inteligência e força, ainda precisa do **ROBIN**; já o **CAPITÃO AMÉRICA** precisa do **BUCKY.** Eu poderia ter usado um parceiro com um traje. Mas eu só lembrei que eu estava em uma partida de esgrima quando o meu adversário começou a comemorar a vitória no pódio. Ele estava tão "fofo" quanto o Dr. Octopus quando se apaixonou pela tia May (ou melhor ainda, tão "fofo" quanto os roteiristas daquela horrível **SAGA DO HOMEM-ARANHA**).

Minha **FAMÍLIA** e meus **AMIGOS** estavam torcendo para que eu pelo menos ficasse entre os primeiros colocados. Eu até tinha vencido as **finais nacionais** no ano passado! Mas o prêmio daquele campeonato foi injustamente dado ao meu adversário só porque eu estava usando um nome falso. Bem, eu tinha de ter errado um pouquinho, não? Às vezes as mentiras são apenas variações da verdade! Não são? Mas, agora, eu tinha perdido feio, e sem nenhuma justificativa. Por um momento, pensei em **ME VINGAR**.

Quando a minha irmã veio me consolar, saí de perto. Não queria ouvi-la falando. Fiquei decepcionado depois de ter visto vários membros da minha equipe comemorando a minha derrota.

25

Pobre tia May.
Como ela pôde se apaixonar por um cara assim?
Ela se daria melhor se ficasse noiva do Electro.
Pelo menos ela economizaria na conta de luz!

Naquele momento, a ELLEN colocou a máscara de **DUENDE VERDE** que guardava embaixo da cama (ela costumava usar aquilo à noite para me assustar). Ela se aproximou atuando como o supervilão do **HOMEM-ARANHA** e, citando uma frase do **DUENDE VERDE**, disse:

— A única coisa que as pessoas amam mais que um **HERÓI** é vê-lo derrotado.

Querido **diário**, eu não sabia se ria ou chorava. Mas minha irmã, como de costume, tinha acertado na mosca. Quando fui abraçá-la, ela deu um passo para trás e, parecendo uma miniversão do **DUENDE VERDE**, começou a delirar, citando um diálogo que ela tinha decorado de uma HQ da **MARVEL**:

– Há **OITO MILHÕES DE PESSOAS** nesta cidade, e essas massas aglomeradas têm como único objetivo carregar nas costas as poucas pessoas excepcionais que existem. Você e eu somos **excepcionais**. Você sabe que eu poderia esmagar você como um **INSETO** agora, mas estou lhe dando uma opção: **JUNTE-SE A MIM**. Pense em tudo o que poderíamos conquistar juntos, tudo o que poderíamos criar... ou tudo o que poderíamos **DESTRUIR**. É isso que você quer? Pense no assunto, **HERÓI!**

Minha irmã tinha exagerado na atuação, e eu me senti como um peixe que, após ver o mar novamente, é levado de volta para seu **AQUÁRIO SOMBRIO**.

19 de outubro

Hoje foi um dia triste.
Eu não respondi às mensagens dos meus amigos. Não fui nem à escola: fingi uma dor de cabeça e me tranquei no quarto para jogar **Call of Duty: Infinite Warfare**. Daí peguei umas HQs para ler.
Li **A última caçada de Kraven** pela centésima vez. É uma saga em quadrinhos escrita por J. M. DEMATTEIS, ilustrada por MIKE ZECK e com arte-final de BOB MCLEOD. Quero ser o mais exato possível, pois essa história é como o sol saindo das nuvens após uma tempestade.

Eu me imaginei como o **PETER PARKER** tentando desesperadamente sair do túmulo preparado por **KRAVEN** e onde *eu tinha sido enterrado*.
Eu me concentrei no meu lado humano e racional, movido pelo desejo de ver de novo a *Grande Mata-crânio* e a equipe THE PING PONG THEORY.
- **ACORDE, NERD!** - disse o **DARTH VADER**.
"Não!", pensei. O meu mentor (ou alguém parecido com ele) tinha voltado.

– Você sempre sonha em vez de tentar se reerguer! – o **DARTH VADER** (ou sei lá quem era ele) me repreendeu. Em seguida, sentou-se ao lado da minha cama.

– O que você quer? – perguntei, confuso.

– Os seus amigos estão preocupados com você, e você foge do mundo para se esconder nesta toca de rato? – gritou o **IMPERADOR DAS TREVAS**.

– Ei, calma lá! Aqui não é uma toca de rato! É a minha casa, e fica em um condomínio bonito de **Manhattan**! – retruquei.

– Claro, e eu sou a LADY GAGA! – respondeu esse **CARA ESQUISITO** que eu achava ser o **DARTH VADER**. – Por que não se recompõe e faz algo bom para o mundo?

– **Eu sou só um nerd** – falei. – Mal consigo fazer algo bom para mim mesmo!

– Você é pior que o **HAN SOLO**! O mundo está desabando e você fica aí pensando em uma derrota babaca na ESGRIMA? Desde que o conheci, você sempre perdeu na esgrima, por um motivo ou por outro. Mesmo quando ganha, você perde. Está me ouvindo? – gritou ele.

– Talvez fosse melhor eu ficar em casa e escrever equações matemáticas!

– Idiota! A moral é que **VOCÊ NÃO PODE VENCER SE SÓ PENSAR EM SI MESMO!** Então, é melhor arregaçar as mangas e fazer alguma coisa pelo mundo. O mundo precisa de heróis. Acho inaceitável o seu ceticismo. Não se permita ser derrotado como o **OBI-WAN**. Você não tem saída. Não me deixe destruir você com a minha ira. **LUKE**... aliás, você ainda não entende a sua importância. Você mal começou a desenvolver os seus **PODERES. VENHA COMIGO**, e eu vou completar o seu treinamento. Se nós unirmos forças, podemos acabar com esse **CONFLITO DESTRUTIVO** e restabelecer a ordem na galáxia! – bradou o **DARTH VADER**.

– Espere aí! Você bebeu muito **ENERGÉTICO** no café da manhã ou o quê? O que quer que eu faça pelo mundo?

– Observe – respondeu aquela bizarra figura fantasiada.

Querido **diário**, o que vou contar agora pode parecer loucura, mas aconteceu de verdade. Naquele momento, ao lado do **DARTH VADER**, apareceu uma tela holográfica mostrando o **PRESIDENTE DA ILHA SEM-FIM** (não sei se entendi direito, então não dê risada), que

tinha aprisionado umas trinta pessoas em sua **CASA BRANCA** esquisita.

– Quem é esse cara e o que ele está fazendo com aquelas pessoas? – perguntei.

– O **MARK TRUSS** é o **PRESIDENTE DA ILHA SEM-FIM**. Ele estava assistindo à segunda temporada de **STRANGER THINGS**, mas faltava ainda o episódio final. Ele tinha assistido aos **8 primeiros episódios**, mas a série foi **CANCELADA** e saiu do ar antes que ele conseguisse assistir ao último episódio.

– E daí?

– Daí que o **MARK TRUSS**, que tinha acompanhado **STRANGER THINGS** com afinco, queria saber como a série terminaria... Mas, quando descobriu que nunca poderia saber, ele enlouqueceu. Enlouqueceu tanto que resolveu sequestrar os roteiristas não só dessa série como de várias outras. ELE QUERIA PUNIR TODOS OS PRODUTORES E ROTEIRISTAS. Sentia-se traído, e agora queria **vingança!**

Ele levou todos para seu covil e os manteve em **CATIVEIRO** - concluiu o **DARTH VADER.**

- E o que eu posso fazer a respeito?

- Sua missão é SALVAR O FUTURO das séries mais amadas pelos nerds. Sem roteiristas, todas as séries seriam horríveis, e nós teríamos de assitir às reprises intermináveis de CHAVES e CHAPOLIN! Sem **ROTEIRISTAS**, os **NERDS** não conseguiriam mais assistir às séries de TV que tanto amam!

Fiquei perplexo. Sem palavras.

Eu sou apenas um nerd com imaginação fértil. Sou como um ovo fritando ao sol sem frigideira. Não sou exatamente um **SUPER-HERÓI.**

- Torne-se um **SUPER-HERÓI** antes que seja tarde demais. Vá para a Ilha Sem-Fim e salve o mundo dos nerds! - declarou meu mentor.

- M-mas - gaguejei - eu tenho só 14 anos!

Se você preferir, o **Nicholas**, o **George**, a **Grande Mata-crânio** e eu podemos invadir o computador dele!

- **HAHA!** **Você é um arraso, garoto!**

É o escolhido... e trará equilíbrio. **Treine!** Finalmente você tem uma missão. Toda a sua paciência valeu a pena. Você não precisa de guia, **ANAKIN**, aliás, **PHIL**. Com o tempo, vai aprender a confiar nos seus instintos, então será invencível. Eu já disse isto várias vezes: você é o **JEDI** mais talentoso, aliás, o **NERD MAIS TALENTOSO** que já conheci. O seu destino é se tornar o maior entre os Jedi, superando até o **MESTRE YODA**.

Acho que o **DARTH VADER** tinha um parafuso a menos. Quando tentei me aproximar, ele sumiu, e fiquei sozinho com uma missão a cumprir.

20 de outubro

Liguei para a **Grande Mata-crânio**
e pedi que viesse à minha casa. Não era só
porque eu queria contar meu **PLANO** a ela
antes de contar para o resto da equipe, mas
também porque eu queria criar coragem
para perguntar se ela aceitaria ser minha
namorada.

Não pense que é fácil pedir algo assim a uma
garota. É fácil perguntar como ela está se
sentindo... ou se ela resolveu uma equação...
ou se ela já leu algum livro do Stephen
Hawking. Mas é difícil perguntar
outras coisas. Quando ela está na
minha frente, as palavras ficam
presas na minha garganta, e eu
só consigo dizer "Hummm".
**EU SOU UM VERDADEIRO
DESASTRE!**

Logo que ela chegou, RESOLVI
CITAR O HOMEM-ARANHA e, segurando
o jornal do meu pai, falei:

Eu Não era o
HoMeM-AranHa

– Bem, vamos dar uma olhada no jornal. Aqui estão as vagas de emprego. O que temos aqui? Computador... Vendedor de computadores, engenheiro de computação, analista de computação. Senhor, até os computadores precisam de analistas hoje em dia.

Com o PETER PARKER, essa piada não foi tão ruim, mas comigo perdeu toda a graça, e a **Grande Mata-crânio** arregalou os olhos como se estivesse assistindo a outro filme horrendo da saga **TRANSFORMERS**.

– Estou tentando ser interessante – confessei. Ela sorriu, então me fitou com seu olhar de "leitura da mente", que tinha a capacidade de deixar meu cérebro vazio, assim como minha carteira ficava nas lojas de HQs e games.

– Mesmo que você não seja sempre súper, eu ainda gosto de você – disse a **Grande Mata-crânio** para me consolar.

– Os meninos já vão chegar, mas antes eu queria perguntar...

– O quê?

– Eu queria perguntar...

Eu simplesmente não conseguia dizer as palavras: "Eu queria perguntar se você quer ser minha **NAMORADA**"!

Por que era tão mais fácil conversar sobre o TEOREMA DE CARNOT do que sobre sentimentos?

– O que você quer? – ela perguntou, curiosa.

Eu tinha de pescar a frase certa na minha cabeça. Afinal, sou um nerd e já passei de tudo na vida. **Eu deveria saber dizer uma coisa mais que legal!**

– Quero o conto de fadas! – respondi, citando Uma Linda Mulher, um filme antigo a que meus pais sempre assistiam. Assistiam porque **NÃO eraM NorMaiS!** E nem eu era, já que tinha citado aquela frase. A **Grande Mata-crânio** sorriu, e eu perguntei:

– **Você quer namorar comigo?**

PARE AGORA! Você quer saber a resposta? Ei, você já ouviu falar de PRIVACIDADE?

Se estivéssemos na TV, neste momento teriam de cortar a cena e ir para os comerciais.

Se você acha que me conhece, adivinhe qual das três hipóteses é a correta.

Primeira Hipótese

Está pronto? 1... 2... 3...

A **Grande Mata-crânio** respondeu:

– Sempre sonhei em conhecer um cara INTELIGENTE, CARINHOSO e BONITO que não me acha feia. Eu iria pedir a mão dele em casamento e nós viveríamos felizes para sempre.

UM cara inteligente, carinhoso e bonito.

> COM OS MEUS PAIS FUNCIONOU! BEM, TIRANDO A PARTE DO DIVÓRCIO E TAL...

A Grande Mata-Crânio cita uma frase de Quatro casamentos e um funeral, um ótimo filme que meus "jovens senhores" pais adoram.

A **Grande Mata-crânio**, no estilo da famosa cena do filme HOMEM-ARANHA, me beija e diz:
– Você é o meu NERD-ARANHA!

Terceira Hipótese

A **Grande Mata-crânio**, ruborizada, me entrega uma fórmula matemática e diz:
– Resolva a equação. Se o resultado for maior que 2, a resposta é "SIM"!

Resposta correta

Não há nenhuma equação matemática que eu não possa resolver... então a resposta correta é a terceira.

Vivddddd!

O resultado da equação era 5!!!! AQUILO SIGNIFICAVA "SIM"? **TOMARA!**

AMOOOOR!

O que veio depois não foi muito divertido, porque agora eu tinha de explicar para ela e para o restante da equipe THE PING PONG THEORY que eu não estava ficando **LOUCO**, mas tinha de me tornar um SUPER-HERÓI para salvar o **MUNDO DOS NERDS**. Como explicaria a minha amizade com o **DARTH VADER**, ou com alguém que fingia ser ele? Minha irmã sentou-se à sua mesa de sempre, no centro de comando, e nós todos nos reunimos em volta dela. O GEORGE estava com uma camiseta do **DEADPOOL**, e o NICHOLAS tinha escrito umas iniciais no saco de papel que estava em sua cabeça.

- Estão se perguntando o que significa? - o NICHOLAS perguntou.

Olhei mais de perto e notei as letras **"TPPT"**.

- O que quer dizer? - perguntou o GEORGE.

- **THE PING-PONG THEORY**! É óbvio! - respondeu a ELLEN.

- E como você sabe? - perguntou nossa versão em miniatura do **CHEWBACCA**, irritado.

– Eu sei porque meu cérebro está conectado ao **MUNDO à NOSSA VOLTA** – a minha irmã retrucou.

– Fiz isso porque vocês são tudo para mim! Quero que os outros saibam que nós somos **TPPT** e que estamos juntos nessa! – disse o NICHOLAS, torcedor do time de beisebol **NY METS**.

Ficamos até surpresos com as palavras do NICHOLAS. Embaixo daquele saco de papel havia um menino com sentimentos, e tínhamos orgulho de ser amigos dele.

Nós nos sentamos e eu não conseguia tirar os olhos da **Grande Mata-crânio**.

– Por que fomos convocados? – ela perguntou. Eu não sabia o que dizer, nem por onde começar. Eles iam pensar que eu era **LOUCO**.

– O que vou falar pode parecer maluquice... mas não estou brincando nem mentindo. Peço apenas que tenham paciência e acreditem em mim. Já faz um tempo que vejo o **DARTH VADER** nos meus sonhos. Não é alucinação. Ele é um verdadeiro mentor, que me diz o que fazer e como me manter por dentro das coisas.

– Está dizendo que você conversa com o personagem criado pelo GEORGE LUCAS? – perguntou a minha irmã, espantada. Como uma pessoa super-racional, talvez ela tivesse achado que eu precisasse de um psiquiatra.

– Não tenho certeza se é mesmo o **DARTH VADER** do GEORGE LUCAS ou alguém parecido com ele. Pode ser um sósia. Pelo jeito que ele fala, não sei se bate bem da cabeça, mas o fato é que vejo o **DARTH VADER**, e ele sempre me aponta a direção certa. Por favor, não riam de mim. Não tenho nenhuma prova de que ele está me falando a verdade, mas ontem ele disse que todos os roteiristas das nossas séries favoritas foram sequestrados pelo **MARK TRUSS, PRESIDENTE DA ILHA SEM-FIM.**

– Caramba, isso é verdade! – exclamou o NICHOLAS. – Eu li hoje na internet que os roteiristas mais importantes de HOLLYWOOD desapareceram e que ninguém sabe onde eles estão. Tem gente que acha que é uma jogada de marketing.

— Não duvido nem um pouco do que o **DARTH VADER** me disse — afirmei. — E ele quer que eu me torne um **SUPER-HERÓI**.

Minha irmã caiu no chão de tanto rir.

— Você é mais engraçado do que TWO AND A HALF MEN e THE BIG BANG THEORY, e quase tão engraçado quanto BOJACK HORSEMAN!
— BOJACK HORSEMAN não é engraçado! No último episódio da terceira temporada, eu fiquei bem emocionado! — observou o GEORGE.

Charlie Sheen
Ator de Two and a Half Men

The Simpsons

Adoro OS SIMPSONS porque o MATT GROENING é um gênio. Ele inspirou PHILIP OSBOURNE e milhares de outros autores a escrever.

Certo, eu não sou o Matt Groening e estes aqui não são os SIMPSONS. Na minha cabeça, tudo aparece distorcido.

Nesta casa há um sujeito gordo que traz presentes para nós, e o nome dele não é Papai Noel.

Two and a Half Men

Adoro TWO AND A HALF MEN porque o **CHARLIE SHEEN** é o melhor. Existem comediantes e existe o Charlie Sheen, que me faz rir com tudo o que ele diz. EXCEPCIONAL!

The Big Bang Theory

Adoro THE BIG BANG THEORY porque é uma série sobre **NERDS**. Rir com os nerds por causa de uma história sobre nós, **NERDS**, não tem preço!

– Não estamos aqui para falar sobre séries de TV! Vamos tentar entender o que o **DARTH VADER** está querendo. Como você vai se tornar um herói e libertar os roteiristas sequestrados? – a **Grande Mata-crânio** perguntou com calma. Parecia que ela não estava duvidando de mim.

– Não sei... Se vocês acreditam em mim, vamos criar algum **SUPERPODER** no laboratório, descobrir onde fica a **ILHA SEM-FIM** e como chegar lá. Tenho certeza de que ele vai aparecer de novo!

A gente era um grupo unido, e finalmente todos **acreditaram em mim**.

Agora eu tinha de me transformar em um **SUPER-HERÓI**.

INTERVALO
O Presidente

MARK TRUSS governa a **ILHA SEM-FIM** e transformou-a em um acampamento militar. Ele não quer que ninguém invada o que considera ser seu território.

Como no game **Mafia II**, ele sempre diz: "Os bons não vão para o céu".

Só uma criança de 12 anos que ainda joga **TETRIS** é mais doida que ele.

Eu queria me encontrar com ele só para dizer o que o **Chris Redfield** falava em **Resident Evil 5**: "Cada vez mais me pergunto se vale a pena continuar lutando por tudo isso, por um futuro sem medo... Sim, vale a pena".

MARK TRUSS mora sozinho e não tem amigos. Por isso passa horas **VENDO TV** e **jogando PS4**. Você acha que isso faz dele um nerd? Não. Ele é como um **game bugado**, só serve para dar risada...

CAPÍTULO DOIS

O EXPERIMENTO

Valentões, cuidado!
Aí vou eu:
PHIL, O SUPERNERD!
Pensando melhor, vou só mandar um e-mail. Melhor evitar contato físico.
SOU UM SUPER-HERÓI 2.0.

SUPERERROS!

21 de outubro

A manhã de hoje foi como um episódio de **DOCTOR WHO.**
As aulas passaram voando e, conforme combinado, nos encontramos no laboratório do GEORGE.
Ele mora em um sobrado. No sótão ficam o estúdio do seu pai, que é engenheiro, e uma sala que o GEORGE usa para **hackear computadores.** Não tem muita coisa lá dentro, só uma mesa comprida no meio. Tudo ali é perfeitamente organizado.
— Por onde vamos começar? — perguntou o GEORGE, que era o membro menos criativo do nosso grupo, mas também era o mais bem preparado tecnicamente.
— Eu não sei como criar **SUPERPODERES,** mas posso dizer onde os principais heróis da

MARVEL conseguiram seus poderes – disse o NICHOLAS.

A minha irmã foi a última a chegar, ofegando e arrastando uma bolsa esportiva. Ninguém ousou perguntar o que havia dentro.

– Eu sei o que é preciso para ser um SUPER-HERÓI! – disse a minha irmã com a firmeza de sempre. – Exige superpoderes e habilidades extraordinárias, além do domínio de capacidades especiais e/ou equipamentos avançados. Os poderes dos SUPER-HERÓIS podem variar muito. Alguns deles são: gerar raios de energia, voar, ter força e agilidade sobre-humanas e um ou mais sentidos superaguçados. Alguns SUPER-HERÓIS, como o BESOURO VERDE e o BATMAN, não têm superpoderes, mas são mestres em artes marciais ou têm habilidades excepcionais em atividades específicas, como medicina criminal. Você tem habilidades na esgrima, PHIL. Poderia ser um supermosqueteiro espadachim! Você tem um SUPERTRAJE?

Nós ficamos olhando para ela.

– Um **SUPER-HERÓI** deve estar disposto a arriscar sua vida para proteger um bem maior, e sem esperar nada em troca – prosseguiu a ELLEN antes que eu dissesse qualquer coisa. – Você precisa de um **TRAJE CHAMATIVO**, meio exagerado e distintivo, que possa ser usado para esconder a sua identidade secreta. As características principais são cores fortes e um **SÍMBOLO** ou **EMBLEMA** único, como uma letra ou um desenho, no peito. Os trajes normalmente refletem o nome e o tema de cada personagem. Por exemplo, o traje do **DEMOLIDOR** o faz parecer um grande demônio vermelho, e o desenho do traje do **Capitão América** lembra a bandeira dos Estados Unidos. Como vai ser o seu?

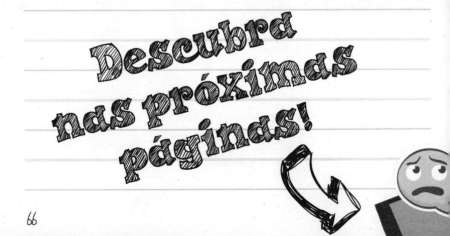

Descubra nas próximas páginas!

— Para ser um **SUPER-HERÓI**, você deve ter também um ponto fraco. O **SUPERMAN** não pode chegar nem perto de **KRIPTONITA**; a fraqueza do **Caçador de Marte** é o **fogo**. E você? — perguntou a ELLEN.

O verdadeiro inimigo de um nerd é a mãe, quando ela desliga o PS4.

INIMIGO Nº1

- Meu inimigo é a minha mãe, quando ela não me deixa jogar **HALO!**

A **ELLEN** tirou uma fantasia da bolsa esportiva e entregou-a para mim.

- Isto é para você. Mas, antes, você precisa de superpoderes!

O **NICHOLAS** tinha ido para um canto sozinho e estava assistindo a alguma coisa em seu tablet. O **GEORGE** ficou curioso e, aproximando-se dele, disse:

- O que você está vendo no **YouTube**? Nós temos de criar superpoderes, não ficar vendo vlogueiros!

- Estou procurando um **tutorial** sobre como se tornar um **SUPER-HERÓI**! - respondeu o **NICHOLAS**.

Todo mundo deu risada.

- Por que não procura um **tutorial** sobre como fazer novos amigos? - disse o **GEORGE** com sarcasmo.

- Beleza, vou ajudar - disse o **NICHOLAS**. - Mas vocês têm alguma ideia de como criar superpoderes?

Depois daquilo, todos nós começamos a trabalhar para encontrar uma forma de criar o SUPER-HERÓI mais maneiro da **TERRA** e do **UNIVERSO INTEIRO**.

O GEORGE deu um pulo e gritou:

- *Já sei! Já sei!!! Acabo de criar o super-herói perfeito.*

Nós olhamos para ele admirados, imaginando o que ele tinha feito.

O GEORGE nos mostrou um papel com o desenho da criatura fantástica que ele havia criado.

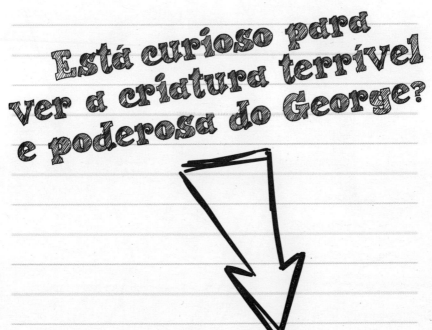

O Biecca

O Biecca é um carrapato gigante com cara de nerd. É um super-herói meio humano, meio carrapato. É a resposta dos nerds para o Homem-Formiga da Marvel.

A CRIATURA PERFEITA PARA COMBATER MONSTROS EXTREMAMENTE PELUDOS.

Ficamos olhando um para o outro, sem que ninguém tivesse coragem de dizer que era uma ideia terrível. Na verdade, era mais vergonhoso que a **MULHER-HULK**, uma personagem que não faz falta a nenhum fã da **MARVEL**.

A ELLEN reassumiu o controle da situação e me entregou uma fantasia.

– Vista isto. Os poderes são um detalhe. Pelo menos, agora você tem um traje – disse a minha irmã.

Eu fui ao banheiro me trocar e voltei usando uma fantasia do **BATMAN**. Dei uma olhadinha para a **Grande Mata-crânio**. Os olhos dela eram o portal para o **INFINITO E ALÉM** (como diz o BUZZ LIGHTYEAR, de Toy Story). Eu a imaginei vestida de MULHER-MARAVILHA e pensei que, juntos, poderíamos derrotar todos os vilões, e então viveríamos felizes para sempre em **GOTHAM CITY**.

– Ficou bem legal! – exclamou o NICHOLAS.

O George se ofereceu para ser o meu parceiro:

– Eu quero ser o seu **ROBIN!**

O Supernerd

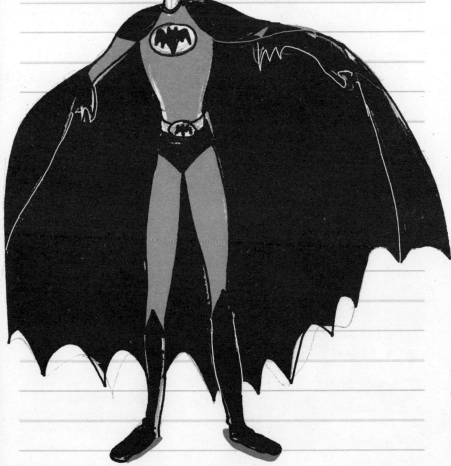

Mas a **missão** que eu estava prestes a enfrentar era muito perigosa, e eu tinha de cumpri-la sozinho. Por isso, não respondi.

- Para ser um SUPER-HERÓI, tudo de que você precisa é escolher **DERROTAR O MAL**, além de um traje ridículo. E eu tenho os dois! - falei com determinação.

Nesse meio-tempo, o NICHOLAS já tinha construído uma máquina de RADIOATIVIDADE e, ao lado dela, colocou uma MOSCA-ROBÔ, que era capaz de voar.

- Gente, vejam isto! - disse o nosso amigo, por baixo de seu saco de papel.

Nós ficamos boquiabertos.

Ele apontou a máquina para mim.

- Prepare-se! Logo você vai ter o **PODER DE VOAR** e vai conseguir diminuir de tamanho quando quiser. Não me pergunte como eu consegui. Simplesmente copiei o poder da mosca-robô, e gerei um adaptador dimensional automático. Talvez isso não dure a sua vida inteira, mas você será um SUPER-HERÓI por algumas semanas! A única

desvantagem é que pode ser que você solte uns puns superfedorentos de vez em quando durante esse período.
Fiquei sem palavras.
A minha irmã ELLEN disse:
— Pelo menos você vai ter um poder.

O raio atingiu o meu peito, e eu senti uma **ENERGIA ESTRANHA** em todo o meu corpo. Era como abrir uma janela e descobrir que **Nova York**, na verdade, era **Metrópolis**. Eu me senti **FORTE** e pronto para fazer QUALQUER COISA.
Pedi um banquinho.
Queria testar meus **NOVOS PODERES** e sair voando pelo ar.

Bem, não saiu como eu esperava. Eu não conseguia voar. Achei que uma hora meus **PODERES** pudessem ser ativados. Mas pelo menos eu tinha um **TRAJE**. E agora tinha de criar um plano para ir à **ILHA SEM-FIM** e derrotar o terrível **MARK TRUSS**.

CAPÍTULO TRÊS

O PLANO PERFEITO

Com o meu traje, eu me sinto pronto para...
LER HQS DA DC COMICS!
Eles são meu manual de instrução.
Espero que dê certo!

22 de outubro

- Tenho uma ideia! - disse a ELLEN, sentada à sua mesa.

Hoje nós nos encontramos na minha casa. Estávamos todos juntos, como de costume, e tínhamos de descobrir um jeito de derrotar o **PRESIDENTE DA ILHA SEM-FIM** e de chegar até lá.

- Fale, gênio! - disse o GEORGE provocando a ELLEN, como sempre, pois não aceitava uma garotinha como líder do nosso grupo.

- Você vai colocar uma câmera em um drone para nós vermos tudo de cima, e o **PHIL** vai levar o drone para a Ilha Sem-Fim. NICHOLAS, você vai conectar a câmera à internet e enviar toda a gravação para nós. Então, **PHIL**, você vai levar o seu fone de ouvido e plugá-lo no seu iPhone. Assim você ficará em contato com a gente, e nós poderemos dizer como se movimentar e para onde ir. Lá de cima vamos conseguir ver qualquer ataque dos nossos **¡NIMIGOS!**

O plano parecia perfeito, exceto por um detalhe: como eu chegaria à ilha?

– Você é um gênio! – falei. – Mas como vou chegar à **ILHA SEM-FIM**?

– Também já pensei nisso – disse a minha irmã. – O GEORGE vai criar um site falso, que vou colocar na internet para anunciar que existem ETs escondidos na **ILHA SEM-FIM**. Meu pai é **louco para encontrar extraterrestres**, então ele vai dar um jeito de ir logo para lá. E você vai com ele. Quando chegarem, diga a ele que quer dar uma volta sozinho. Ele vai ficar tão distraído à procura de alienígenas que nem vai notar quando você vestir seu traje de super-herói. Daí você vai até o local onde o **PRESIDENTE** está e liberta os **ROTEIRISTAS**.

O GEORGE ficou mudo. Minha irmã tinha uma capacidade incrível de organizar as coisas.

– O que o Phil vai fazer na ilha? – o NICHOLAS perguntou.

Ele tinha razão. Como eu enfrentaria adultos furiosos sem nenhum superpoder?

82

– Você só vai até a **TORRE DO PRESIDENTE** e toca a campainha. Quando virem um super-herói mascarado, vão mandar alguém capturá-lo. Daí você diz que é um roteirista maluco, e eles vão levá-lo para junto dos **PRISIONEIROS**. Dê aos roteiristas as máscaras de oxigênio que você vai levar embaixo do traje, e nós vamos soltar gás do sono pelo **DRONE**. Daí você escapa e vai até o papai.

Minha irmã falava com a confiança de alguém que já sabia o que iria acontecer.

– Não existe um **PLANO B** que pode me transformar em um **SUPER-HERÓI** com uma simples equação matemática? – perguntei.

– Infelizmente, não! – respondeu ela.

O GEORGE começou a elaborar o site falso, e o NICHOLAS montou o drone. A **Grande Mata-crânio** ia fazer o gás do sono no laboratório. Mas eu ficava tentando chamar sua atenção com o cinto do meu traje.

– É sério, o mundo precisa de nós – disse ela. Saí de lá e fui contar ao meu pai sobre a **ILHA SEM-FIM** e seus alienígenas.

24 de outubro

Hoje percebi que o meu pai é imprevisível.

– Aluguei um **avião particular** – ele disse.

Fiquei perplexo.

Nós fomos a um aeroporto bem afastado da cidade.

Havia pouquíssimas pessoas naquele campo abandonado. Mas ali estava um avião novinho em folha. Tive a impressão de que meu pai tinha me levado à Zona Proibida de **PLANETA DOS MACACOS**.

– Mas você não sabe PILOTAR um avião! – exclamei.

– Não mesmo, mas ele sabe.

Olhei em volta e não vi ninguém. Eu estava com medo de saber quem mais se envolveria. Subi no avião que estava parado no meio da pista e vi o **TEO**, meu cachorrinho, com um chapéu de AVIADOR.

Certo, eu estava em uma história **MALUCA!**

Como não podia trocar de autor, resolvi aceitar aquela situação.

Peguei meu iPhone e fui ver quais seriados estavam passando, e vi que só tinha reprise de CHAVES e de outras séries antigas. Abri um site de notícias e fiquei surpreso ao ver vídeos de pessoas saindo às ruas para protestar. Eram fãs de séries que odiavam **REPRISES** e queriam séries novas. O mundo estava em crise e precisava de um herói... De um super-herói... Precisava do **Phil**, o **SUPERNERD**. Eu tinha de salvá-los de um mundo menos fantástico, do mundo entediante que o **PRESIDENTE TRUSS** queria criar. As séries de TV são uma parte importante do dia a dia das pessoas, e eu tinha de lhes devolver a chance de assistir a **novas séries engraçadas e fantásticas!**

O avião pousou na **ILHA SEM-FIM**. O **TEO** foi um ótimo **PILOTO**, e o meu pai não tinha parado de imaginar os alienígenas que ele estava prestes a encontrar.

– Pai, mas e se os ETs quiserem aparecer em público? – perguntei.

LENNY, o meu pai, que não parava de desenhar possíveis formas de alienígenas em um bloco de anotações, riu da minha pergunta. Ele já devia ter pensado em tudo.

– Que apareçam. Talvez possamos aprender a ser uma única raça... a **raça universal!**

Ele é um pai legal, mesmo não sendo muito "normal".

- OBRIGADO POR VIR COMIGO - disse o meu pai.

- Eu queria conhecer a ilha. Posso dar uma volta sozinho? Vou ficar bem.

- Não, é muito **PERIGOSO**. Você é só uma criança, e eu preciso saber onde você está o tempo todo!

A **ELLEN** estava ouvindo a nossa conversa pelo **DRONE** que eu tinha levado. Ela me falou pelo fone para colocar uma máscara antigás e disse:

- Vou soltar um pouco de gás do drone para o papai dormir, assim você terá tempo de vestir o seu traje de **SUPER-HERÓI** e salvar os roteiristas.

Meu pai saiu do avião e começou a gritar em seu **MEGAFONE**:

- Alienígenas, ETzinhos... Eu vim para receber vocês no meu **PLANETA!**

Soltei o drone, que foi direto até o meu pai. Bastou um pouquinho de gás para ele cair no chão, dormindo.

Rapidamente vesti meu traje. Se a **Grande Mata-crânio** fosse a **Lois Lane**, eu acreditaria mesmo que eu era o **SUPERMAN** (mesmo usando uma fantasia do **BATMAN**).

Eu estava em uma missão, e o mundo das séries de TV dependia de mim. Eu era o **ESCOLHIDO**, e algum dia a NETFLIX ou o AMAZON PRIME VIDEO me agradeceria pelo que eu estava prestes a fazer. Com meu traje, eu me sentia forte, destemido, determinado, imortal, poderoso. Pelo menos até ver um cara que parecia o irmão (mais) malvado do **DOUTOR DESTINO**.

O **TRUSS** e seus capangas já tinham me avistado e enviaram um de seus terríveis **SOLDADOS**.

PHIL, CUIDADO! OS GUARDAS

Ellen, a líder do
The Ping Pong
Theory

– Quem é você? – perguntei ao homem com a máscara prateada.

– **Nocaute II** – ele respondeu. – E eu vim para exterminar você! Quem é você e o que está fazendo na **ILHA SEM-FIM**? Aqui é uma **DITADURA**, não permitimos visitantes inesperados!

– **Nocaute II**, antes que eu me irrite, diga onde vocês estão escondendo os ROTEIRISTAS, e eu o **pouparei da humilhação** de ser derrotado por uma criança!

De onde tirei a coragem de dizer essas idiotices, não sei, mas fiquei feliz por falar com tanta audácia quanto **PETER PARKER**.

– Vou **DESTRUIR** você, e o mundo saberá que ninguém pode ousar desafiar a **ILHA SEM-FIM** – ele ameaçou.

Empunhei a minha espada e o convidei a fazer o mesmo. Eu queria vencê-lo em uma luta justa.

– Está pronto para me mostrar o seu arsenal? Não gosto de derrotar meus inimigos sem uma luta!

o **Nocaute II** olhou para mim, deu uma risadinha e pegou um celular para atender a uma ligação.

- Espere um pouco, moleque. Já falo com você - disse ele. - Deve ser a **minha esposa** pedindo para eu comprar alguma coisa no mercado.

Movendo-me com a velocidade que na Terra pertence apenas aos GUEPARDOS, comecei a brandir minha **ESPADA**... mas só para intimidar, para assustá-lo com a minha técnica.

Porém, a minha **ESPADA** acidentalmente encostou no celular dele, que caiu no chão... o **Nocaute II** olhou para a tela espatifada de seu iPhone.

- Foi sem querer - falei. - Sou um PACIFISTA, e só carrego esta espada porque pratico ESGRIMA!

- Não pode ser! - gritou o **Nocaute II**.

Ele começou a chorar e, enquanto ele tentava juntar os pedaços do celular, corri o mais rápido possível.

NÃÃÃÃO!

— Vá em linha reta! — disse a ELLEN. — O drone está mostrando que a torre do presidente não fica tão longe. Continue correndo e, assim que chegar, toque a campainha.

Eu estava correndo no meio de um deserto que parecia um set de filmagens de **STAR WARS**. O sol estava de rachar, e eu estava suando feito um chafariz que queria fazer um **UPGRADE** e virar cachoeira.

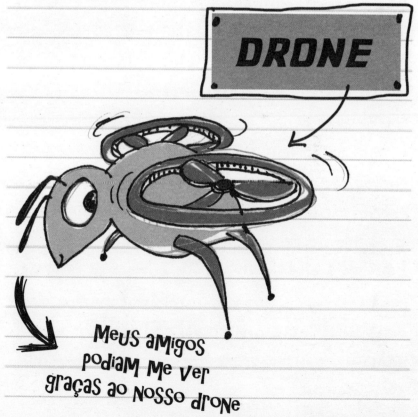

Meus amigos podiam me ver graças ao nosso drone

– Caramba, Phil, um bando de supersentinelas está saindo da TORRE para atacar você. Cuidado, eles são muitos, e nós não sabemos quais são os poderes deles – avisou a ELLEN.

Ser um SUPER-HERÓI era mais complicado do que imaginei. É só colocar a máscara que os supervilões aparecem. Não é justo!

Os SENTINELAS dos X-MEN eram robôs gigantes feitos para **LUTAR** e **ANIQUILAR** mutantes. Mas eu sou apenas um menino nerd e não queria lutar com essas criaturas poderosas.

O líder dos SENTINELAS parou na minha frente. Os outros ficaram atrás dele. Eu nem imaginava o que ele iria fazer comigo.

– Nós, os SENTINELAS, somos robôs com força, resistência, velocidade e agilidade extraordinárias. Somos capazes de voar e emitir diversos tipos de raios: os nossos **LASERS** podem derrubar, congelar, queimar ou fazer você dormir. Também temos o dom da inteligência artificial, embora nós e os humanos pensemos de forma diferente – eles anunciaram.

– Vocês são os inimigos dos **X-MEN?** – eu perguntei.

– Aqui não é a MARVEL. Nós, bem como todas as criaturas que você está vendo, não temos marca registrada. Somos **LIVRES**, somos o **FUTURO**. Você está falando de personagens do passado! Não precisamos de nomes, mas, se quiser nos dar um nome, pode nos chamar simplesmente de **Nocaute 22**.

Caramba! São todos malucos! Pelo menos os supervilões da MARVEL davam medo, porque os meus eram de dar vergonha.

Comecei a correr, e eles vieram atrás de mim. Naquele momento, achei que o personagem mais legal de todos era o **Papa-léguas**, que corria super-rápido e sempre sabia onde se esconder.

Por que os alçapões são sempre invisíveis? Foi o que pensei quando caí em um, e os SENTINELAS riram mais do que se estivessem assistindo a um episódio de **TWO AND A HALF MEN**.

– Ei, moleque! Assim você não vai conseguir salvar o mundo! – disse o **DARTH VADER**, que estava lá embaixo no fosso comigo, no escuro total. Sua voz metálica nunca tinha me causado tanto arrepio.

Eu liguei a lanterna do meu celular e olhei na cara dele.

– O que você quer de mim? Viu onde eu me meti por ter escutado você?

– Quando se tem uma meta, não se pode desistir no primeiro obstáculo, senão você nunca será um ESCOLHIDO, apenas uma vítima. Você não é exatamente como o **HOMEM DE FERRO** e, para dizer a verdade, não chega nem perto do **KICK-ASS**, mas pelo menos tem a atitude de um herói de verdade.

– **DARTH**, ou seja lá qual for o seu nome, eu não sou um herói! Está entendendo? A criatura do GEORGE LUCAS passou a mão no meu rosto e disse:

– Você não está entendendo! Não é o traje que **TRANSFORMA** uma pessoa em um **SUPER-HERÓI**... é o cérebro!

O **DARTH VADER** continuou:

– **O mundo precisa de sonhos novos todos os dias.** As pessoas lá fora precisam das histórias desses roteiristas malucos que o **TRUSS** sequestrou. Você deve acreditar no que você é CAPAZ DE FAZER. Quando não há uma solução óbvia para um problema, há uma saída invisível que só os verdadeiros **HERÓIS** conseguem enxergar!

– Como assim?

Ele foi desaparecendo, como sempre, e disse:

– Quando toda esperança está perdida, existe uma **saída invisível** que só os verdadeiros heróis conseguem enxergar.

Naquela tarde

Querido *diário*,

Minha primeira missão foi um pesadelo. Fui levado até a torre do PRESIDENTE para falar pessoalmente com o **TRUSS.**

A **Grande Mata-crânio**, que estava vendo tudo pela câmera do drone, disse:

– Aguente firme, não desista. Deixe que levem você até a prisão dos roteiristas, e então nós entraremos em ação.

CAPÍTULO QUATRO

A SOLUÇÃO

Minha frase favorita:

"Você é muito mais forte do que pensa que é. Acredite em mim."
SUPERMAN

Querido **diário**,

Vamos fazer uma pausa.

Tente imaginar como as coisas vão se desenrolar a partir de agora.

Se eu estivesse em um **filme de ficção científica com alienígenas**, eis o que aconteceria comigo:

Primeiro, eu seria levado para uma sala cinzenta cheia de ETs malvados, verdadeiros PREDADORES ESPACIAIS. Eu estaria cercado de alienígenas raivosos, mas teria a determinação e a coragem de dizer ao **TRUSS**: "Este planeta é pequeno demais para nós dois".

O **PRESIDENTE DA ILHA SEM-FIM** então liberaria a ira cega de seus **SEGUIDORES EXTRATERRESTRES**. O primeiro seria uma criatura semelhante ao ALIEN de RIDLEY SCOTT. Eu iria borrar as calças ao ouvir o presidente explicar, como se estivesse no pior filme de ficção científica da História, com quem eu estava lidando: "Você ainda não entendeu com quem está mexendo, não é mesmo?

Um **organismo perfeito**, cuja perfeição estrutural se assemelha apenas à sua própria hostilidade."

Eu não conseguiria fazer nada além de me esconder. Então pularia na mobília e, com um grande salto ao estilo CUT THE ROPE, eu me agarraria em um lustre no formato de míssil. O presidente daria risada e diria: "Você está pendurado em uma espaçonave!"

Eu ficaria sem entender o comentário.

"Qual é a graça?", eu perguntaria.

"O fato de que ninguém pode ouvir seus **GRITOS** no **espaço sideral**."

O **PRESIDENTE** apertaria um botão em seu iWatch, e o foguete decolaria. O teto se abriria, e o lustre se tornaria um míssil que me levaria para o espaço.

O **TRUSS** riria feito doido, e todos os meus sonhos de SUPER-HERÓI se despedaçariam quando eu atingisse um **METEORITO**.

Que final **trágico!**

Se fosse um **FILME DE TERROR** cheio de criaturas grotescas, eis o que aconteceria comigo:

Eu estaria em uma sala parecida com uma garagem, e na minha frente estaria o **TRUSS** com uma máscara esquisita: metade palhaço, metade **O GRITO**, de Munch.

Ele estaria dando uma risada malvada, segurando um taco de beisebol que poderia me machucar muito. Ele diria: "No **INFERNO**, só o **DIABO** pode ajudar..."

Eu olharia para ele e responderia: "Não tenho medo deste lugar que parece uma cena de **JOGOS MORTAIS**. E também não tenho medo de você! Eu sou o **ESCOLHIDO!**"

"Você não me conhece, mas eu conheço você. E quero **JOGAR UM JOGO...**", ele diria enquanto **mãos surgiriam das paredes para me agarrar.** Haveria inúmeras mãos, e todas fortes. "Vamos a um lugar onde não é preciso ter **OLHOS** para ver!", o **PRESIDENTE** gritaria comigo.

"Você é **LOUCO!**", eu diria, apertando o meu cinto e liberando a energia hipodérmica criada pelo NICHOLAS, que congelaria as mãos que me agarravam.

Eu me libertaria e não conseguiria mais me aproximar do **TERRÍVEL TRUSS.**

Eu não veria o alçapão abaixo de mim e cairia nele.

Durante a queda, eu ouviria a gargalhada do presidente.

Eu pararia em um **ESGOTO FEDIDO** e, quando finalmente conseguisse abrir os olhos, veria um palhaço sujo, com sapatos enormes, que pareceria ter saído de IT - A COISA, o filme de terror baseado no livro de STEPHEN KING. Eu ficaria ARREPIADO com o PALHAÇO, e me sentiria condenado. Ele me diria, com sarcasmo e melancolia: "Oi, Phil. Não vai me cumprimentar? Não quer dizer 'oi'? Ah, você não quer falar nada... Aceita um lindo balão grande e colorido?"

SocooooooooRRo!!!!

Que final **trágico!**

Mas não foi o que aconteceu. Em vez disso, na vida real, eu estava dentro de uma enorme sala circular, ladeada por janelas que permitiam a entrada da luz solar.

No meio da sala, havia uma grande mesa de alumínio, atrás da qual havia uma poltrona parecida com a de **GAME OF THRONES**; sobre um móvel ao lado, havia uma TV enorme ligada a um **Playstation**.

O **TRUSS** estava me esperando, sentado atrás da mesa.

– **PHIL, O NERD**, veio me visitar! – disse o **PRESIDENTE**, com um ar de superioridade.

Fiquei com **MEDO**, mas queria entender suas intenções.

– Vim para libertar os roteiristas – respondi sem hesitar.

– Eles nunca sairão da prisão. Não merecem a liberdade, pois me traíram e podem fazer isso de novo.

– O mundo precisa das histórias deles!

– O mundo precisa de **HONESTIDADE**, e eles me enganaram.

O **TRUSS** estava falando sério. Ele estava nervoso mascando um chiclete enquanto coçava o pescoço com a mão direita e o joelho com a esquerda.

Seus ajudantes, os MICROSSENTINELAS, estavam por toda a sala.

— O que você vai fazer agora? Vai conseguir viver sem nenhuma série de TV nova? — eu perguntei.

— Eu tenho meu **Playstation** e posso jogar a hora que quiser.

Pensei no que o **DARTH VADER** tinha dito: "Quando não há uma solução óbvia para um problema, existe uma saída invisível que só verdadeiros heróis conseguem enxergar."

BiNGo!

Já sei! Eu só tinha de fazê-lo cair na minha armadilha.

— Você gosta tanto assim de PLAYSTATION que consegue viver sem séries de TV? — perguntei.

— Sim. Eu jogo por dias a fio! — ele respondeu.

— Você deve ser craque.

— Eu sou o **MAJORAL!**

Então provoquei:

– Você não toparia uma disputa, por acaso?

– Jogar contra um **NERD** pilantra?

– Sim... Você escolhe o jogo!

– Está bem...

– Mas com uma condição – acrescentei. – Se eu ganhar, você solta os ROTEIRISTAS.

O **PRESIDENTE** pensou por um momento, então falou as suas próprias condições:

– Soltarei... se você ganhar de mim no **FIFA**. Mas você só pode escolher o time da minha **ILHA**... e eu fico com o BARCELONA. Também não pode machucar o **MESSI**. Concorda com essas regras?

Obviamente, o time da **ILHA** dele não fazia parte do **FIFA**, então ele deve ter dado um jeito de incluir o time no jogo.

Olhei para as habilidades dos jogadores, e eram piores que NOTA BAIXA EM LITERATURA. Eles pareciam **MORTOS-VIVOS** que queriam jogar futebol.

O mais atlético se chamava **ZUMBI** e usava uma bengala.

O GOLEIRO tinha uma venda nos olhos, e o ATACANTE tinha 67 pernas e toda vez ele tinha de decidir qual perna usaria para chutar a bola. Mas aceitei as condições. Eu não tinha escolha.

Eu tinha imaginado uma luta fantástica e terrível contra o **PRESIDENTE TRUSS**. Quando o encontrei pessoalmente e ele me desafiou no **FIFA**, percebi que às vezes a verdade é menos complicada do que imaginamos.

Nas **HQS ANTIGAS**, o supervilão era a personificação do mal. Mas, quando vi o **TRUSS**, que parecia estar muito feliz de jogar **PS4** comigo, imaginei que na vida real as pessoas talvez não fossem tão más assim e que o **TRUSS** provavelmente era apenas um homem muito solitário. Ele era **BRAVO**, mas também era SOZINHO e vivia cercado de CRIATURAS ESTRANHAS e nada simpáticas.

Naquele momento, o **DARTH VADER** me visitou de novo.

"Agora, não!", pensei. "Preciso me concentrar para ganhar a partida e libertar todos os ROTEIRISTAS!"

- E aí, **MELEQUENTO!** - disse a paródia da **LUCASFILM**. - Você vem para esta ilha para destruir o cara mais malvado que existe no mundo e agora acha que ele merece sua compaixão?

- E se ele for apenas uma pessoa SOZINHA? Sem sua série de TV favorita, que foi tirada do ar, ele deve estar mais solitário do que nunca! - respondi.

- O que vai fazer agora? Vai dar as suas economias para ele também? Não se pode confiar nos **NERDS** mesmo! - o **DARTH VADER** esbravejou.

- Veja bem, ele pode ser mau, mas eu não sou o **JUSTICEIRO**; prefiro ser o **DEMOLIDOR**. Entende o que quero dizer? O DEMOLIDOR dizia que um humano que fez várias besteiras, até mesmo coisas ruins, pode ter um traço de bondade. Pode ser um risquinho, mas já é alguma coisa.

- **ACORDE** e me mostre que consegue humilhá-lo!

- Eu não quero humilhá-lo. Só quero ganhar dele para poder libertar os ROTEIRISTAS! Você precisa parar de agir como o **JUSTICEIRO**... Você é o meu mentor e deveria só me dar bons conselhos!

- Ei, moleque, o **OBI-WAN KENOBI** era um mentor na saga **STAR WARS**, não eu!

- Pois é. Os melhores mentores podem ser fracassados. A SABEDORIA é, na verdade, o resultado de uma vida dura.

Voltei a mim quando percebi que todos começaram a rir porque eu estava falando sozinho. Mas não importava. Eu estava pronto! Então repeti, para intimidar:

- Eu sou **PHIL, O SUPERNERD!**

E, é claro, todos riram mais ainda.

Sei que eu devia ter escolhido um nome mais impactante que "**SUPERNERD**", mas a outra opção era **BIECCA** (o carrapato gigante), então melhor deixar para lá mesmo!

A partida de **PS4** começou.

O **TRUSS** era fera.

Por um instante, pensei em recorrer ao THE PING PONG THEORY e pedir para algum deles invadir a conta do **TRUSS** e fazê-lo perder.

Ele não perceberia, mas seria INJUSTO!

Ele tinha **HABILIDADE** e conhecia todas as **MANHAS DO JOGO.**

Enquanto jogava, ele não parava de repetir para si mesmo:

– Chute de peito de pé, para cima... Chapéu, para trás... Chapéu, para a esquerda... Chapéu, para a direita...

Era como se estivesse tentando se lembrar de todas as combinações possíveis no jogo.

Sabe como terminou o primeiro tempo?

4 a 0 para ele!

Minhas pernas estavam bambas.

Ele era de dar **MEDO**, e eu tinha usado o primeiro tempo do jogo para analisar o estilo do meu adversário, ficando na DEFENSIVA.

Notei que ele gostava de jogar com passes baixos e rápidos, e eu não podia depender de um contra-ataque rápido. Eu não tinha como traçar uma estratégia eficaz.

Mas também não podia entrar em pânico e desistir.

Desta vez, a minha derrota prejudicaria outras pessoas, não apenas a mim.

Lembrei-me dos momentos que eu tinha passado com a **Grande Mata-crânio**, a **Ellen**, o **Nicholas** e o **George** jogando PLAYSTATION. Não poderia deixar um adulto me humilhar.

O SEGUNDO TEMPO começou, e mudei a tática do meu time, levando todos os jogadores para a área do ataque, arriscando tudo.

Após alguns minutos, estávamos EMPATADOS!

Se você acha que eu só tive de passar a bola para o **ATACANTE** e correr para o gol adversário esperando ele marcar, está enganado. Quando a DISPUTA está apertada, seus adversários não deixam você respirar. Eles bloqueiam todos os seus MOVIMENTOS INDIVIDUAIS antes mesmo de você começar qualquer jogada.

Por isso, tive de jogar como equipe, com passes curtos e rápidos, para confundir o time rival. Adaptei o meu estilo para atacar o do meu oponente.

Fomos para a **prorrogação**, e coloquei meus jogadores em modo defensivo.

O **PRESIDENTE** reagiu, e terminamos a **prorrogação** empatados no sufoco. Agora, o jogo seria decidido nos **pênaltis**.

Chutei minha quinta e última bola... e marquei um **GOL!** Um silêncio mortal recaiu sobre a sala.

O **PRESIDENTE** podia empatar, mas, se errasse, ele seria obrigado a libertar os roteiristas. Naquele momento, o experimento do NICHOLAS tinha começado a fazer **efeito**, e minha barriga estava doendo muito.

Eu devia estar prestes a me tornar um **SUPER-HERÓI**... ou simplesmente começaria a soltar puns fedidos.

De fato, após alguns segundos, senti um punzinho saindo. O barulho do pum distraiu o **PRESIDENTE TRUSS** e ele perdeu o gol. **ISSOOOOOO!!!!!**

O **PRESIDENTE** cumpriu sua palavra e, impassível, libertou todos os roteiristas.

Ele não era tão mau assim, afinal.

Talvez fosse apenas um homem solitário.

Ele não tinha tanta **SORTE** quanto eu, pois eu tinha meus pais e amigos.

– Você ganhou, **SEU MALANDRINHO!** O mundo terá de volta suas séries de TV!

Naquela tarde, os **ROTEIRISTAS** e eu voltamos para onde meu pai estava. Nós o encontramos com o **TEO** e dois ETs que ele tinha disfarçado mais ou menos de **HUMANOS**.

– Eles vão para casa com a gente! – disse meu pai.

126

Ele estava feliz, pois tinha encontrado dois ETs que ele pretendia receber e ajudar. Ele tinha cumprido sua missão.
Por sorte, os ROTEIRISTAS não perceberam o que estava acontecendo e rapidamente embarcaram no avião.

25 de outubro

A **REVISTA DE NOTÍCIAS MUNDIAIS DA ESCOLA** acabou de me ligar. Eles queriam marcar uma coletiva de imprensa aberta a jornalistas e alunos da minha escola. Todos estão achando que sou um herói. Disseram que venci o **MARK TRUSS** com a minha CORAGEM, mas eu morro de medo até dos valentões da escola; então não sou o tipo de herói que eles estão imaginando.

Eu tenho medo até de ir ao banheiro à noite e acendo as luzes com os olhos fechados. Fico com medo de encontrar um tubarão escondido em algum lugar, esperando para me devorar (sei que é improvável um tubarão sobreviver fora da água e mais improvável ainda ele entrar na minha casa, mas todo mundo tem seus temores, e isso deve ser respeitado!). Libertei os ROTEIRISTAS com um simples jogo de futebol no **PS4**. Não é preciso muita coragem para usar um controle de videogame. Mesmo assim, sinto orgulho

de mim por ter defendido as minhas ideias.
Sim, eu acreditei nos meus princípios e os
segui até o fim. Eu não sabia o que dizer na
coletiva de imprensa.

Adoraria repetir o discurso do STEVE JOBS
na UNIVERSIDADE DE STANFORD: "O seu tempo
é **LIMITADO**, por isso não o desperdice
vivendo a vida de outra pessoa. Não seja
aprisionado pelos dogmas, isto é, não viva
em função do pensamento alheio. Não deixe
o ruído das opiniões de outros abafar a sua
voz interior e, o mais importante, tenha a
CORAGEM de seguir o seu coração e a sua
intuição, pois eles de alguma maneira já
sabem o que você quer se tornar de
verdade. Todo o resto é secundário".

Então pensei melhor e, por mais que gostasse
do discurso do STEVE JOBS, eu tinha de usar
minhas próprias palavras.

Subi no palco. O local estava lotado de
fotógrafos, jornalistas, repórteres da TV
e crianças da minha idade. Parece que o
mundo precisa de **HERÓIS**.

– Eu sou **PHIL, O NERD**. Como podem ver, sou apenas uma criança e consegui libertar os roteiristas graças a THE PING PONG THEORY. Eles são os meus **AMIGOS** e significam tudo para mim. Sem eles, eu não teria um plano, um traje, nem coragem... Além disso, vejo criaturas que falam comigo, e uma dessas criaturas quase me obrigou a fazer esse resgate. Digamos que eu sou um HERÓI (maluco) por acidente, em vez de um HERÓI convencional. Embora estivesse com medo e não soubesse bem o que estava fazendo, levei o plano adiante. "Não se pode ligar os pontos olhando para a frente; só se pode ligá-los olhando para trás. Então é preciso confiar que os pontos se ligarão de alguma forma no seu futuro. É preciso CONFIAR em algo: em seu INSTINTO, DESTINO, SUA VIDA, CARMA ou seja o que for, pois, acreditando que os pontos se ligarão na sua vida, você terá a confiança de seguir o seu coração, mesmo se ele o levar para um caminho não habitual. Isso fará toda a diferença".

Eu tinha citado o discurso do STEVE JOBS de novo, eu sei, mas ele é o meu ídolo, e terminei meu discurso com estas palavras:

– Sou apenas um nerd, assim como a **Ellen**, a **Grande Mata-crânio**, o **George** e o **Nicholas**. Não sou um herói, embora eu tenha muita vontade de mudar o mundo. Mas o mundo não tem código aberto!

Todos me aplaudiram. Dei um jeito de acenar para todos e disse:

– Pelos **NERDS** e pela **LOUCURA!**

Voltei para casa e encontrei os integrantes de THE PING PONG THEORY. Eles ficaram felizes por mais uma vez estarem comigo, só eles e eu. Devolvi a **FANTASIA DE BATMAN** para a minha irmã.

– Não quero mais ser **SUPER-HERÓI**. Acho que sirvo apenas para ser **NERD!** – expliquei com determinação.

Eles estavam todos sentados no sofá. O GEORGE estava comendo e não me escutou.

- Você não pode desistir assim - disse a ELLEN.

- O mundo precisa de **heróis** - disse o NICHOLAS, esparramado no sofá.

- O mundo precisa de todo mundo, não só de heróis - retruquei.

Eu provavelmente ainda estava atordoado com a partida de **PS4**.

Pedi à **Grande Mata-crânio** para ir à cozinha comigo. Queria falar com ela a sós. Queria dizer que pensei nela o tempo todo durante a minha missão na **ILHA SEM-FIM**.

– Senti saudade – ela confessou.

Ela sempre usava roupas pretas e era contida, mas tinha um **JEITINHO ESPECIAL** e era linda. Ela tinha uma visão honesta do mundo ao seu redor.

– Também senti saudade – falei. – Fiquei na dúvida se somos um casal...

Nesse momento, a **ELLEN** entrou e disse para irmos lá para fora. Nós saímos correndo para ver o que estava acontecendo. Lá no céu, havia um dirigível com o símbolo da **RADIOATIVIDADE** na lateral. O que será que ele estava levando? Aonde será que estava indo e quem o estava pilotando?

Ficamos olhando para cima. De repente, a aeronave explodiu e seu conteúdo radioativo caiu em nós, **THE PING PONG THEORY**.

Daquele dia em diante, nossas vidas mudaram. O **DEMOLIDOR** tornou-se um **SUPER-HERÓI** depois que uma substância radioativa caiu de um caminhão e entrou em seus olhos.

O **PETER PARKER** recebeu seus poderes de **HOMEM-ARANHA** depois que uma aranha radioativa picou sua mão.

O que será que nos tornaríamos por causa desses detritos radioativos que caíram sobre nós? Não sabíamos, mas era certo que mudaríamos totalmente, e a nossa vida nunca mais seria a mesma. Estávamos prontos para virar super-heróis, ou superpombos.

Lembre-se do que o **FLASH** disse: "Mesmo sendo um **HERÓI**, você ainda sente **dor**, **ama**, tem **esperança** e **temores**, e também precisa de pessoas para ajudá-lo com tudo isso..."

Agora nós sabíamos daquilo e estávamos prontos para ser **SUPER-HERÓIS**. Tínhamos tudo de que precisávamos: **UM AO OUTRO!** Talvez **GRANDES RESPONSABILIDADES** não venham de **GRANDES PODERES**, mas com certeza grandes heróis sempre precisam de **GRANDES AMIGOS.**

Epílogo
THE SUPERPING PONG THEORY

2 de novembro

Bati à porta do estúdio do meu pai. Ele estava estudando os planetas e, como de costume, estava com os OLHOS GRUDADOS NA TELA DO COMPUTADOR.

Eu tinha 14 anos, e o que eu sabia não era o suficiente. Eu queria que o meu pai me explicasse as coisas que eu desconhecia.

Eu me sentei na POLTRONA EM FORMATO DE BOCA DE DINOSSAURO e perguntei:

– Pai, você acha que SUPER-HERÓIS existem?

– Na vida real? – ele perguntou.

– Como assim? Você acha que eu sou um **personagem de ficção**?

– Não! Você é real... como eu... mas qual era a pergunta mesmo?

– Você acha que SUPER-HERÓIS existem no nosso mundo?

– Neste planeta?

– Pai, nós vivemos NESTE PLANETA!

– É claro!

– É claro o quê? – perguntei, meio irritado.

– É claro que existem super-heróis! – disse o **LENNY**.

– Você já viu algum?

– Um que voa?

– Qualquer um. Nem todos os super-heróis voam! – exclamei.

– Já vi, sim. O que eu vi não tinha asas, nem capa, nem máscara...

– Então era uma pessoa normal – falei.

– Mas ele agia como um **SUPER-HERÓI** – emendou o meu pai.

– Como assim?

– O **HOMEM-ARANHA** não usa capa e é um **SUPER-HERÓI**. O **LUKE CAGE** não usa máscara nem traje e é um super-herói... Na verdade, acho que nunca vi um super-herói de verdade... Sério...

– Típico!

Eu sabia que **SUPER-HERÓIS** não existiam.

– Mas eu os estudei! – acrescentou meu pai após um momento.

– Onde? Na loja de **QUADRINHOS**? – perguntei com ironia.

- Veja bem, o MARTIN LUTHER KING foi um **SUPER-HERÓI** para mim. Ele era de verdade e agora está nos livros de História.
- Por quê?
- Ele lutou pelas pessoas, e isso sem o uso de violência. A luta dele era pelo direito de voto dos negros... MARTIN LUTHER KING lutou pela comunidade **afro-americana**, tudo sem levantar um dedo contra ninguém!
- Puxa! Igual ao **PANTERA NEGRA** das HQs da MARVEL! - eu disse. - E que outros super-heróis você acha que existiram?

Para mim, apenas um **SUPER-HERÓI** não era suficiente para dizer que existiram pessoas especiais no mundo.

- MAHATMA GANDHI e NELSON MANDELA são **super-heróis** que nunca usaram violência. Mesmo assim, GANDHI mudou a história da Índia e MANDELA afrontou o **racismo** na África.

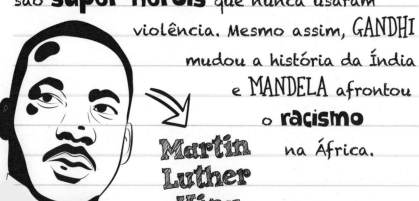

Martin Luther King

— Então você acha que existem super-heróis neste mundo...

— Sim, acredito que eles existam, e dá para saber quem eles são, pois lutam e vencem sem usar violência.

— É quase o que nós, **NERDS**, fazemos... Nós usamos o cérebro em vez de **ARMAS!**

— Sim, um **super-herói da vida real** não tem superpoderes. Na verdade, ele tem um **supercoração**, do qual surgem muitas RESPONSABILIDADES!

Fiquei feliz por conversar com o meu pai sobre algo que não envolvesse ETs. Mas, após um tempo, veio uma dúvida à minha cabeça, e eu tive de perguntar:

— Por que você não é um **SUPER-HERÓI?** SEI QUE ISSO FOI INDELICADO, MAS PARA MIM ERA IMPORTANTE ENTENDER.

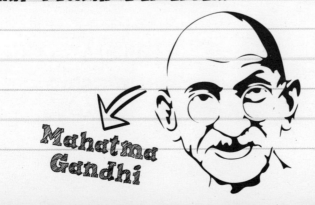

Mahatma Gandhi

– Eu ficaria feliz de ser apenas um herói. Um super-herói é alguém especial, e eu tento ser especial todos os dias, melhorando a minha PERSONALIDADE. Talvez um dia eu me torne alguém especial, então poderei ser um SUPER-HERÓI, sem um supertraje, nem superpoderes – ele respondeu.

– Acho estranho que só pessoas más sejam SUPER-REAIS.

– Se há pessoas supermás, talvez existam também pessoas superboas! – ele concluiu.

Agora nós, THE PING PONG THEORY, também tínhamos superpoderes. Não sabíamos que tipo de poderes eram, nem quanto tempo durariam, mas sei que nós podemos ser especiais para sempre, pois, como aprendi, não é preciso ter **SUPERPODERES** para ser um **SUPER-HERÓI**.

"Se não puder voar, corra. Se não puder correr, ande. Se não puder andar, rasteje, mas continue em frente de qualquer jeito."
- Martin Luther King

"Seja humilde para admitir seus erros, inteligente para aprender com eles e maduro para corrigi-los."
- Mahatma Gandhi

"Um vencedor é um sonhador que nunca desiste."
- Nelson Mandela

RNERD

Oi! Eu sou o **PHIL DICK**, mas todos me conhecem como **PHIL, O NERD** (e agora, **PHIL, O SUPERNERD**). Adoro **STAR WARS** e THE BIG BANG THEORY. Nasci em 23 de maio de 2003, moro em **Manhattan** e tenho uma família muito longe de ser normal. Mesmo sendo **NERD**, já me aventurei no **mundo dos esportes** e sou muito bom em ESGRIMA. Cheguei até a vencer um **campeonato municipal de esgrima!** Minha irmã, **Ellen**, nasceu no dia 27 de junho de 2007 e é a líder da nossa equipe, THE PING PONG THEORY. Meus amigos **George Everett** e **Nicholas Lee** também fazem parte da equipe. Recentemente, conhecemos a **Grande Mata-crânio**, que é linda e muito inteligente. Ela virou nossa amiga e a mais nova integrante de THE PING PONG THEORY.

Nós já passamos por muita coisa juntos e vivemos **muitas aventuras**, algumas bem fantásticas. Talvez, algum dia, conseguiremos até viajar no tempo...

Você já conhece as outras aventuras de Phil, o Nerd?

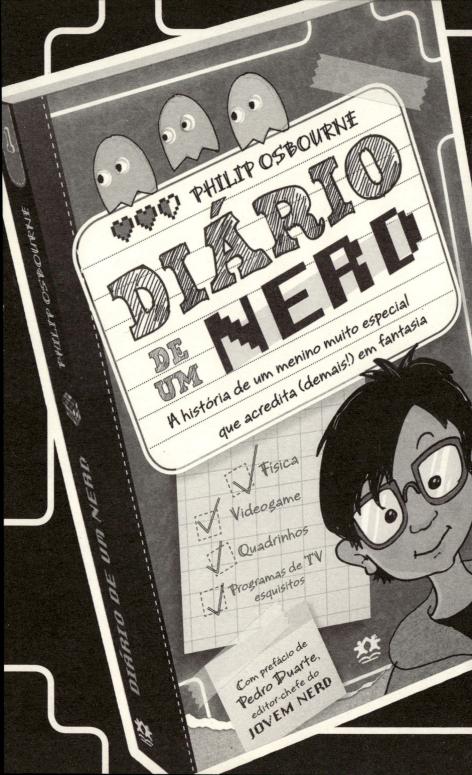

Diário de um Nerd

Phil, o nerd, é um garoto de 12 anos muito inteligente que adora estar com os amigos. Ele e sua turma precisam se preparar para competir nas Olimpiadas de Matemática e Ciências. Mas, para tentar conquistar a garota dos seus sonhos, Phil começa a viver uma vida secreta de campeão esportista. Em meio a todas as mentiras, será que Phil conseguirá conciliar as duas realidades?

Diário de um Nerd
AVENTURAS EM HOLLYWOOD

Phil, o Nerd, se prepara com seus amigos para viajar para Hollywood, onde vai conhecer os estúdios de clássicos do cinema e participar de um programa de talentos da TV. Mas seu novo professor, que odeia nerds, está disposto a acabar com a fama de nerd de Phil. Será que ele conseguirá vencer o programa de talentos e convencer o professor de que os nerds são legais?

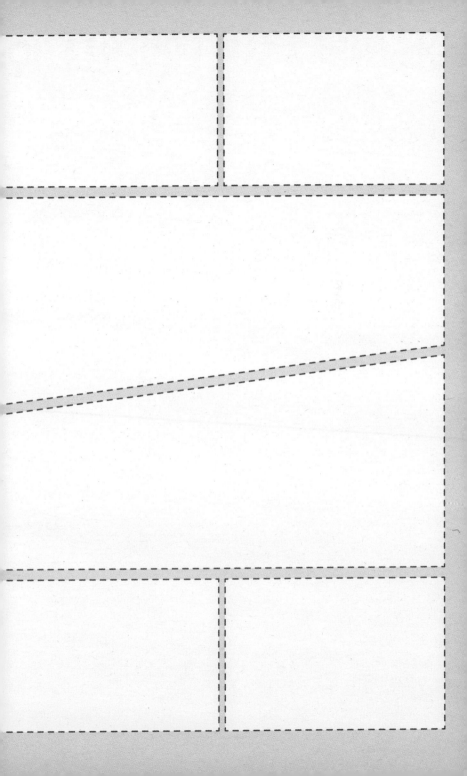

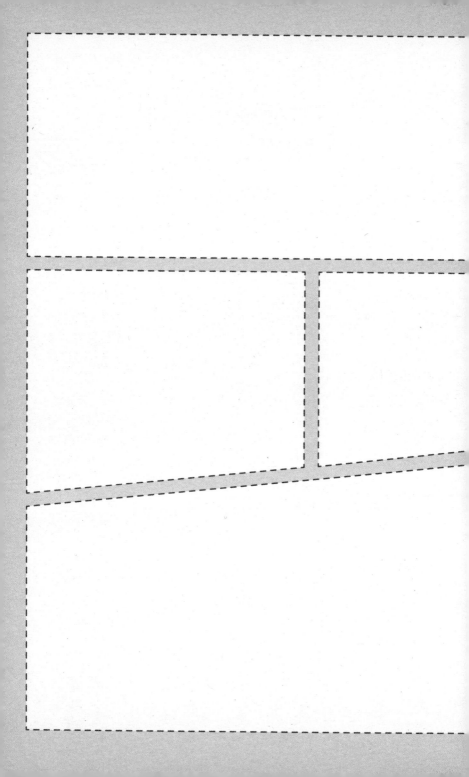

UM DIÁRIO ESCRITO E DIRIGIDO POR

PHILIP OSBOURNE

Com

PHIL DICK (OU PHIL, O NERD)
GRANDE MATA-CRÂNIO
NICHOLAS
GEORGE
ELLEN DICK
LENNY DICK
MARYLIN DICK
TEO MESSI
SENTINELAS DOS X-MEN
DARTH VADER (OU APENAS A IMAGINAÇÃO DO PHIL)
MARK TRUSS
E OS ALIENS QUE SÓ O LENNY VÊ!

Este livro é dedicado aos que sabem da importância do próximo e abrem seu coração para o outro.

Sinceros agradecimentos a Brian Yuzna, meu mentor.

Impressão e acabamento: RR Donnelley